JN037019

おはなしSDGs《エスディージーズ》 ジェンダー平等《びょうどう》を実現《じつげん》しよう

すし屋のすてきな春原《すのはら》さん

戸森《ともり》しるこ・作
しんやゆう子《こ》・絵

講談社

小林《こばやし》伝《でん》

月に一度、土曜日の午後、ぼくはおとうさんと会う。

「伝、今日はまわっていないおすし屋さんに行こう」

おとうさんは得意《とくい》そうにいった。いつもの回転ずしより高級だぞって、自《じ》慢《まん》しているわけだね。ぼくは父親思いだから、

「わぁい」

ってよろこんであげたけど、やっぱりまわっているおすし屋さんのほうが、わくわくするような気がする。食べものが動いていると、なんとなく血が騒《さわ》ぐ。おかあさんもわりとそういうタイプだ。これはきっと、おかあさんのほうの血が騒《さわ》いでいるっていうことなんだろうな。

「冬はやっぱりコノシロだろ。コハダ、ナカズミ、コノシロ。出世魚《しゅっせうお》で出世だな」

おとうさんはご機嫌《きげん》だ。

コハダもナカズミもコノシロも、名前は違《ちが》うけど同じ魚だ。ブリなんかもそうだよね。小さいほうから、ワカシ、イナダ、ワラサ、ブリ。関東ではそう呼《よ》ぶけど、地方によってはまた別の呼《よ》び方《かた》がある、ちょっとややこしい魚だ。

「他の魚よりもどんどん大きくなるから、出世魚っていうんだよね？」

「いや、成長するにつれて名前が変わる

から、出世魚っていうんだよ」

あ、そうか。たしかによく考えると、部長より課長の背《せ》が高いことだってあるんだから、大きさで出世を表すっていうのは、おかしいかもしれない。

「でも、どうして名前が変わると、出世魚っていうのかな」

「それはだな、昔は武士《ぶし》や学者が出世するときに、自分の名前を変える習慣《しゅうかん》があったからだよ」

「へぇ」

ところで、ぼくの名前は「伝《でん》」っていう。それは、おとうさんとおかあさんが学生時代に駅伝の応援《おうえん》サークルで出会ったからだ。

ぼくとしては、友だちから「伝ちゃん」って呼《よ》ばれたいんだけど、クラスでそういうキャラじゃないから、だれも呼《よ》んでくれない。

たとえばぼくが出世魚だったら、デン、デデン、デデデンって、ちょっとずつ増《ふ》えていくのはどうだろう。効果音《こうかおん》みたいでおもしろいと思うのだ。うん、それがいい。そうしよう。

「伝、またくだらないことを考えているだろ」

おとうさんはにやにやしながら、ぼくの顔をのぞきこんだ。

「なんでわかったの？」

「わかるさ。親子だからな」

おとうさんは、衣料品メーカーの社内SE《エスイー》だ。

SEというのはシステムエンジニアのこと。会社の中のコンピューターのシステム設計《せっけい》を担当《たんとう》している。子どものころからコンピューターが大好きだったから、今の仕事はすごく自分に合っていると思うって、おとうさんはいっている。

今日はそんなおとうさんと、東京にあるおすし屋さんで夕飯を食べることになった。
ぼくの今の家は、東京寄《よ》りの埼玉県にあり、おとうさんの今の家は、東京寄《よ》りの神奈川県にある。なので、ぼくがひとりで電車に乗れるようになってからは、間にある東京で会うことになっていた。
うちのおとうさんとおかあさんは、ぼくがうんと小さいころに離婚《りこん》している。でも、今は友だち同士《どうし》みたいな関係になっているし、ぼくとおとうさんは、い

つでも会いたいときに会える。

おかあさんはぼくが幼稚園《ようちえん》のころに再《さい》婚《こん》したので、ぼくは今、新しいおとうさんと三人でいっしょに暮《く》らしている。でも、出世魚のおとうさんは、いまだに独《どく》身《しん》だ。

もしおとうさんが再婚《さいこん》したら、ぼくはどう思うかな。

うれしいのかな。おめでとうって感じかな。

それとももしかしたら、ちょっとくらいはさみしいのかもしれない。

東京の中でも、なんとなく高級なイメージのある街に、そのおすし屋さんはあった。

おとうさんは、せまい路地をくねくねと進んでいく。ぼくはその背中《せなか》を追いかける。入り口はすごくわかりにくいところにあった。

「名店っていうのはだな、だいたいはこういうふうに、隠《かく》れたところにあるんだよ。われわれは、店をさがす根性《こんじょう》を試《ため》されているわけだな」

「寿司春《すしはる》？」

ぼくは、紺色《こんいろ》ののれんに書かれている店の名前を読んだ。

「冬なのにね」

「春原《すのはら》さんっていう人のお店なんだよ」

「スノハラ？」

「春夏秋冬の春に、原っぱの原で、すのはらって読む。実にきれいな名前だ」

寿司春

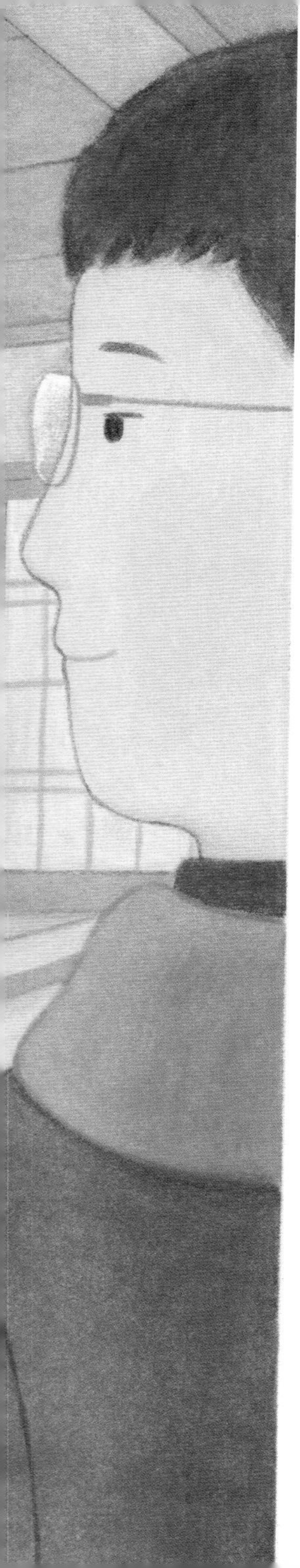

「おとうさん、もしかして知り合いなの？」

「いいや、グルメサイトで調べただけ」

のれんをくぐって店の中に入ると、まだ時間が早いせいか、お客さんはだれもいなかった。

奥《おく》に向かって細長い店内には、長さ五メートルほどの木のカウンターがあった。その向こうに、白い服に白い帽子《ぼうし》をかぶった女の人がひとり。

「いらっしゃいませ」

その人が、すし職人《しょくにん》の春原さんだった。

二日後の月曜日、休み時間に教室でこんなことがあった。

「美緒《みお》ちゃんって、イタリアンのシェフになりたいって、いってなかったっけ」

教室の後ろのほうで、松田《まつだ》さんが海江田《かいえだ》さんに向かっていっていた。

海江田美緒さんは、料理クラブの女子だ。ほとんど話したことはないけど、シェフになりたがっているっていうことは、なぜかぼくも知っていた。作文かなにかで知ったのかもしれない。

「うん、でも変えたの。わたしね、今はすし職人《しょくにん》になりたいんだ」

「へぇ、おすし？　すごいね。なんか大変そう」

松田さんは素直《すなお》に感心していたけど、近くにいた渡辺《わたなべ》が、余計《よけい》な口をはさんだ。

「えー、すし？　それ、無理じゃね？」

人の将来《しょうらい》の夢《ゆめ》にけちをつけるやつは、やばい。

だってそれ、けっこう傷《きず》つくやつだから。

一年前、四年生のときのクラスで、大人になったら総理大臣《そうりだいじん》になりたいっていっているやつがいて、クラスですごくバカにされていた。勉強もスポーツもいまいちで、みんなからの人気も、そんなにないやつだったから。

そのあとそいつ、クラスでずっと「総理《そうり》」って呼《よ》ばれていたけど、あるとき学校に来なくなってしまった。「総理《そうり》」ってからかわれるたびに、きっとすごく傷《きず》ついていたんだ。

よく考えると、そのとき「総理《そうり》」っていいだしたのも、たしか渡辺だった。こりないやつだなぁ。悪気はないのかもしれないけど。

ところで、すし職人《しょくにん》になりたいらしい海江田さんは、渡辺にきき返した。

「どうしてそう思うの？」

「だって、すし職人《しょくにん》って男の仕事だろ。女が握《にぎ》ってるの、見たことない」

たしかにね。

ぼくも春原さんに会うまでは、女の人のすし職人《しょくにん》って、見たことなかった。

ぼく、たまたまこの前、寿司春でおとうさんにきいたんだ。

「今まで気づかなかったけど、すし職人《しょくにん》って、男の人ばかりだね」

って。そしたらおとうさんは、大きくうなずいた。

「いいところに気がついたな。なぜだと思う？」

カウンターの向こうでおすしを握《にぎ》っている春原さんを見ながら、なぜだろうとぼくは考えた。

春原さんがちらっとこっちを見て、無言のまま、細い目でクールにほほえんだので、ぼくはちょっとドキッとした。なんだかかっこいい女の人だ。

「えっと、なりたい人が少ないから？」

「どうして、少ないんだ？」

「……男の人ばかりだから？」

「なんで男の人ばかりなんだ？」

「だからそれは、なりたい人が少ないから……、あれ？」

だめだ、同じところをぐるぐるまわってる。答えになっていないってことだ。

すると、まるで助け船を出すように、春原さんがぼくたちの前に、注文したおすしを出してくれた。

「コノシロと、アマエビです」

ぼくはアマエビが好きだ。

いただいてみると、とろっとした食感が最高で、たいへんおいしかった。

おとうさんも、出世魚《しゅっせうお》のコノシロを満足そうに食べている。

「出世できそう？」

ぼくがこそっときくと、春原さんがくすっと笑ったので、おとうさんは、じろっとぼくをにらんだ。

笑ったのが悪かったと思ったのか、春原さんはぼくに向かって声をかけてくれた。

「コノシロは名前が変わりますけれど、アマエビは性別《せいべつ》が変わるのです。ご存知《ぞんじ》ですか？」

うわ、子どもに対して、すごく丁寧《ていねい》にしゃべる人だ。

ぼくはすっかり緊張《きんちょう》して、

「ご存知《ぞんじ》でないです」

と、間違《まちが》った敬語《けいご》を使った。

ふたりはそれに爆笑《ばくしょう》して、おかげで雰囲気《ふんいき》がなごやかになった。まったく、ぼくに感謝《かんしゃ》してほしい。

「アマエビ、正式にはホッコクアカエビという名前ですが、生まれて三年ほどは、性別《せいべつ》を持ちません。それからまずはオスとして生きます。その後、間性《かんせい》といって、オスとメスの中間の状態《じょうたい》になり、そしてメスへと変化。産卵《さんらん》を何度か繰《く》り返《かえ》しながら、死ぬまでずっとメスとして生きます。海の神秘《しんぴ》ですね」

へぇ、知らなかった！　アマエビってそうなんだ。ふしぎだなぁ。でも、アマエビにとっては、それがふつうなんだね。

卵
たまご

「ところで、すし職人《しょくにん》に女性《じょせい》が少ないという話ですけれど」

ぼくは春原さんの話に耳をかたむけた。

この人、すごく丁寧《ていねい》にしゃべるから、話をきかなきゃっていう気持ちにさせられる。あと、姿勢《しせい》もすごくいいから、こっちも背筋《せすじ》がのびる。

ぼくもおとうさんも、いつのまにか、カウンター席でふたりならんで背筋《せすじ》をピンとのばしていた。

「昔はこんなふうにいわれていました。女性《じょせい》は男性《だんせい》よりも体温が高いから、新鮮《しんせん》なままですしを提供《ていきょう》することができない。だからすし職人《しょくにん》には向いていないと」

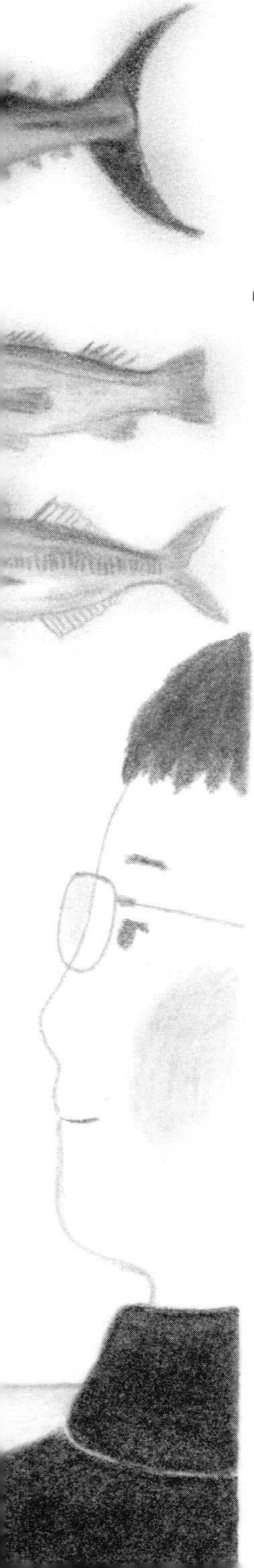

「ええー？　でも、それ、ほんと？」

「偏見《へんけん》だと思いますよ。体温については、性差《せいさ》というより、個人差《こじんさ》でしょうね」

そうだよね。それですし職人《しょくにん》に向いていないっていうのは、なにか間違《まちが》っている気がした。うまくいえないけど、感覚的に間違《まちが》っている。

しばらく黙《だま》っていたおとうさんが、中トロを追加してからいった。

「単に、ずっと男がすしを握《にぎ》ってきたから、それを続けていきたいだけなんじゃないかな。世の中には、よくわからないしきたりやルールがあったりするんだよ」

「わたしたちが変えていかなきゃならないことでもあると思っています。すし職人《しょくにん》の魅力《みりょく》を、多くの人に伝えていかないと。これからの若《わか》い女の人たちには、ぜひすし職《しょく》人《にん》を目指してもらいたいですね。とても大変ですが」

そういって、春原さんはそのあともぼくたちに、おいしいおすしを握《にぎ》ってくれた。

すし職人《しょくにん》は男の仕事だって、渡辺にいわれた海江田さんは、

「そんなことないよ」

とはいったけど、なんとなく弱気だったし、くやしそうな顔をしていた。

もしかして、海江田さんも女の人のすし職人《しょくにん》を知らないんじゃないかな？

だからうまくいい返せないんじゃないかな？

どうしよう。ぼくが春原さんのことを教えてあげたほうがいいかな。

でも、ふだん渡辺とも海江田さんとも親しくないから、いきなり話しかけたら変かもしれないし、海江田さんの肩《かた》を持つようなことをいったら、ひやかされるかもしれない。

そんなことを考えているうちに、休み時間は終わってしまった。

あーあ。

ぼくは心の中で春原さんに謝《あやま》った。未来のすし職人《しょくにん》を助けられなかった。

そんなことがあって、ぼくはちょっともやもやしていたから、そのあとおとうさんと電話で話していたときに、海江田さんのことを相談してみた。

「すし職人《しょくにん》を目指している女の子がいるって？　そりゃ、咲枝《さきえ》さんがよろこぶだろうな」

「え、サキエさんって？」

「春原さんの名前だよ」

いつのまに下の名前で呼《よ》ぶことになったんだろう。

ちょっとびっくりしたけど、咲枝さんっていうのは春原さんの名前にぴったりだなって思った。

「この前、咲枝さんからアマエビの話をきいたろ？　アマエビはオスからメスに変わるけど、反対にメスからオスに変わる魚もいるらしいぞ。クエっていう魚だ。とりあえず、食え！　なんちゃって」

おとうさんは最近やけにテンションが高い。ぼくはちょっと引いている。

「伝は知らないだろうけど、昔はさ、キャビンアテンダントは、スチュワーデスっていう呼《よ》び名《な》だった。看護師《かんごし》さんは看護婦《かんごふ》さん、保育士《ほいくし》さんは保母《ほぼ》さんだった。時代の流れで、男性《だんせい》がそういう仕事をすることも増《ふ》えたから、職《しょく》業《ぎょう》の呼《よ》び名《な》が変わったんだ。すし職人《しょくにん》も、そういう流れになったらいいよな」

「『すし職人《しょくにん》』は、べつに女の人でもおかしくないじゃん」

「でも逆《ぎゃく》に、『女性《じょせい》すし職人《しょくにん》』って、わざわざ『女性《じょせい》』をつけていわれるようなことがあるだろ？　女性《じょせい》がめずらしいから、そういわれるんじゃないかな」

「ああ、なるほど。『男性《だんせい》すし職人《しょくにん》』とはいわないもんね。女の人でもふつうにできる仕事なのに、それを強調するのはちょっと変だね」

「そうはいっても、やっぱり大変らしいぞ。早朝の仕入れから夜遅《よるおそ》くまでの仕事だから、女性《じょせい》だと体力が持たないと思われて、弟子《でし》入りを断《ことわ》られたり、女性《じょせい》というだけで、市場《いちば》でいい魚を売ってもらえなかったり……」

「ええっ、そんなの差別じゃないか。っていうか、ずいぶん詳《くわ》しいね？」

おとうさんは、「なはは」と笑ってごまかしていた。

実にあやしい。

日本のジェンダーギャップ（男女格差《だんじょかくさ》）指数

日本は 153 か国中		2006 年		2020 年
総合《そうごう》	：	79 位	↘	121 位
経済《けいざい》(賃金《ちんぎん》や役職《やくしょく》など)	：	83 位	↘	115 位
教育(識字率《しきじりつ》、在学率《ざいがくりつ》など)	：	60 位	↘	91 位
健康	：	1 位	↘	40 位
政治《せいじ》(国会議員比率《こっかいぎいんひりつ》など)	：	83 位	↘	144 位

1 位　アイスランド
⋮
10 位　ドイツ
⋮
20 位　アルバニア
⋮
30 位　アルゼンチン
⋮
40 位　ポーランド
⋮
50 位　バングラデシュ
⋮
60 位　クロアチア
⋮
70 位　北マケドニア
⋮
80 位　エルサルバドル
⋮
90 位　マルタ
⋮
100 位　パラグアイ
⋮
110 位　ベリーズ
⋮
120 位　アラブ首長国連邦《しゅちょうこくれんぽう》
ここ! **121 位　日本**
122 位　クウェート
⋮
130 位　トルコ
⋮
140 位　トーゴ
⋮
150 位　シリア

（世界経済フォーラム Global Gender Gap Report 2006, 2020）

それから二週間くらいたって、たまたま帰りに昇降口《しょうこうぐち》で海江田さんとふたりになることがあった。

ちょっと勇気が必要だったけど、ぼくは思い切って話しかけてみることにした。この前のことが、ずっと引っかかっていたからだ。

「あの」

ぼくが話しかけると、海江田さんはすごくびっくりしていた。その顔を見て、ぼくのほうもすっかりあがってしまって、顔がカーッと熱くなる。

「あの、ぼくのおとうさんの、あ、離婚《りこん》しておかあさんはべつの人と再婚《さいこん》しているから、その人はいっしょに住んでいるほうのおとうさんじゃないんですけど、とにかくそういう人がいて、その人が連れていってくれた東京のおすし屋さんに、女の人のすし職人《しょくにん》がいましたよ」

ぼくが早口でいうと、海江田さんはぽかんとして、ぼくの頭からつま先までを、じーっと見た。

「ええっと、ごめん、えっと……」

海江田さんは両手の指をそわそわと動かした。海江田さんはたぶん、ぼくの顔はわかるけど、名前が出てこないんだ。

ぼくは多少がっかりした。まぁ、無理もないかなと思った。ぼくはクラスで、すごく目立たないから。

「同じクラスの小林です」

「あっ、だよね」

思い出してもらえてぼくがほっとしていると、海江田さんの顔はぱっと明るくなった。

「それ、東京のどこ？」

こうして真正面から見ると、海江田さんは、目が細いところが春原さんとちょっと似《に》ている。ぼくは自分の顔の、

無駄《むだ》に大きな、ぎょろっとした目があんまり好きじゃないから、こういう細い目の人に、ちょっとあこがれる。

ぼくは寿司春がある駅名を答えた。すると、海江田さんは息をのんだ。

「もしかしてそれって、春原咲枝さんのこと？」

「えっ」

「やっぱり、そうなの？」

「どうして知ってるの？」

ぼくたちは同時にそういって、おたがいにびっくりしてしまった。

「春原さんのこと、知ってるの？」

ぼくの質問《しつもん》に、海江田さんは大きくうなずいた。

「もちろん！　すごく有名だもの。すし職人《しょくにん》で自分のお店を持っている女の人って、そんなにたくさんいるわけじゃないから。技術《ぎじゅつ》も接客《せっきゃく》もたしかだって、業界で知らない人はいないくらいだよ」

「マジ？」

ぼくは本気で驚《おどろ》いた。そりゃ、春原さんのおすしはすごくおいしかったけれど、そこまですごい人だとは思っていなかったのだ。

なんだか長くなりそうだったので、ぼくたちは中庭のベンチに移動《いどう》して、ならんで座《すわ》って話すことにした。

ぼくは海江田さんに、おとうさんと寿司春に行ったときのことを、ざっと話した。

「ええっ、いいなぁ。小林さんのおとうさんと春原さんって、どのくらい仲がいいの？　よく会ってるの？」

「いやぁ、それはどうかな」

非常《ひじょう》に微妙《びみょう》な質問《しつもん》だ。

あのあと、電話のたびにおとうさんが「咲枝さん」を連発するから、なんとなく、そういうことなのかなという気もしないでもないような気もしているところだけど、ぜんぜん違《ちが》ったりしたら、逆《ぎゃく》にぼくがはずかしい。

「でも、それって本当に同一人物かなぁ。お店、すごくすいていたよ。ぼくとおとうさんしかいなかったから、てっきり流行《はや》っていないお店なんだと思ってた」

最初は敬語《けいご》で話しかけたけど、いつのまにかすらすらしゃべっている自分がいる。春原さんに感謝《かんしゃ》だ。

ぼくから「流行《はや》っていない疑惑《ぎわく》」をかけられた、かわいそうな寿司春を、海江田さんはすごい勢《いきお》いでフォローしてきた。

「なにいってんの、そんなわけないって。そんなに高級なお店じゃないから、若《わか》い人たちからだってすごく人気があるんだよ。予約しなきゃ入れないんだから。それ、きっと、小林さんのおとうさんが仲のいい友だちだから、特別に貸《か》し切《き》りにしてくれたんじゃない？」

「あ、なるほど……」

それはあるかもしれない。つまり、おとうさんは実はもともと春原さんと知り合いで、ぼくに春原さんを紹介《しょうかい》したかった……？　というより、逆《ぎゃく》かもしれない。春原さんにぼくを紹介《しょうかい》したかったのかも。

ぼくが「むむむ」と考えこんでいると、同じ学年だけどクラスの違《ちが》う女子が三人、中庭を通りかかった。こっちを見て、こそこそしゃべっている。

「見て、海江田さんが総理《そうり》と座《すわ》ってる」
「うわ、『総理《そうり》』ってひさしぶりにきいたんだけど」
「なに？　ソーリって」

三人は小声でしゃべりながら歩いていってしまった。ああいう「こそこそしゃべり」は、意外と遠くまできこえるんだっていうことを、ぜひ知っていただきたい。海江田さんにもきこえちゃったかもしれないじゃないか。

そう、実はぼくなんだよね。「総理《そうり》」って呼《よ》ばれるのがいやで、学校行けなくなったダサいやつって。

でも、ぼくは前ほど気にならなかった。むしろ、全然たいしたことじゃないじゃんって思った。だって、それよりも春原さんや海江田さんのことのほうが、今のぼくにとってはずっと重

要だから。

自分の夢《ゆめ》をバカにされるとすごく傷《きず》つくのに、海江田さんはすごいと思う。

そんなぼくだから、海江田さんの夢《ゆめ》を応援《おうえん》したいって思ったのかもしれない。だから思い切ってきいてみた。

「もし、いつかチャンスがあったら、春原さんに会ってみたい？」

すると海江田さんは、待ってましたといわんばかりの勢《いきお》いで、

「ぜひお願いします！」

って、元気よく答えたんだ。

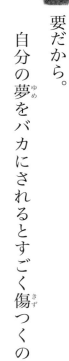

海江田《かいえだ》 美緒《みお》

小さいころ、生の魚があまり得意《とくい》じゃなくて、家族でおすし屋さんに行くときは、いつも卵《たまご》とコーンとかっぱ巻《ま》きと茶碗蒸《ちゃわんむ》しばかり食べていた。

そんなわたしを見て、高校生だったおねえちゃんがいった。

「人生、損《そん》してるね」

ちょっとショックだった。おすしで人生損《そん》をする……？　そんなバカな。

それで、わたしはいつのまにか、おすしを好きなふりをするようになった。損《そん》しているって、思われたくなかったから。

そしたら、いつのまにか、ほんといつのまにか、おすしが大好きになっていた。

好《す》き嫌《きら》いって、案外そんなもんじゃないかな。

春原咲枝《すのはらさきえ》さんをはじめて見たのは、テレビでだった。

東京の有名な高級すし屋で働いている、若手《わかて》すし職人《しょくにん》のドキュメンタリー番組だった。春原さんは、その番組で密着取材《みっちゃくしゅざい》を受けていたすし職《しょく》人《にん》のうちのひとりだ。

ちなみに、取材を受けていたすし職人《しょくにん》の中で、女の人は春原さんひとりきり。しゃきっと姿勢《しせい》よく、丁寧《ていねい》におすしを握《にぎ》る姿《すがた》が、とても印象的《いんしょうてき》だった。

ある日、そのお店にやってきたお客さんが、すしを握《にぎ》っている春原さんに向かって、信じられないことをいった。

「おれは女性《じょせい》が握《にぎ》るすしはちょっと……」

って。

顔はわからないように編集《へんしゅう》されていたけれど、神経質《しんけいしつ》そうな雰囲気《ふんいき》の、スーツを着たおじさんだ。

そのシーンが、わたしにはとてもショックだった。

あとで調べたら、女性《じょせい》のすし職人《しょくにん》はとても少ないらしい。女性《じょせい》は体温が高いから新鮮《しんせん》なままですしを握《にぎ》ることができないとか、女性《じょせい》には生理があるから味覚が安定していないとか。長い間そういうふうに、本当とは思えないようなことをいわれ続けてきたことも知った。

そのとき、横にいた春原さんの師匠《ししょう》が、そのお客さんに対して、とてもすてきなことをいった。

「女性《じょせい》か男性《だんせい》か、それは大きな問題ですか？　彼女《かのじょ》は立派《りっぱ》な職人《しょくにん》です」

男である自分が代わりに握《にぎ》ります、なんていわずに、師匠《ししょう》は春原さんに握《にぎ》らせた。

お客さんも最後には満足して、

「すみません。自分の偏見《へんけん》でした」

って反省していた。そういうふうに自分の間違《まちが》いを認《みと》めたときのお客さんも、なんだかすごくかっこよく見えた。

なにかが大きく変わった瞬間《しゅんかん》を見た気がして、わたしはすごく感動したのだ。

あのドキュメンタリーを見て、わたしはすし職人《しょくにん》に興味《きょうみ》を持った。

たとえば海外から日本に遊びに来ている人たちに、「どうして日本のすし

職人《しょくにん》は男ばかりなのか」ってきかれたら、わたしは困《こま》ると思う。胸《むね》をはって
答えられないからだ。
そういう伝統《でんとう》だから。
そう答えるのは簡単《かんたん》だけど、それで人を傷《きず》つけるのはよくないと思う。
変わらなきゃ。

専門職《せんもんしょく》に女性《じょせい》が少ないという現実《げんじつ》

女性《じょせい》大学教員、教授《きょうじゅ》（OECD39か国中39位）

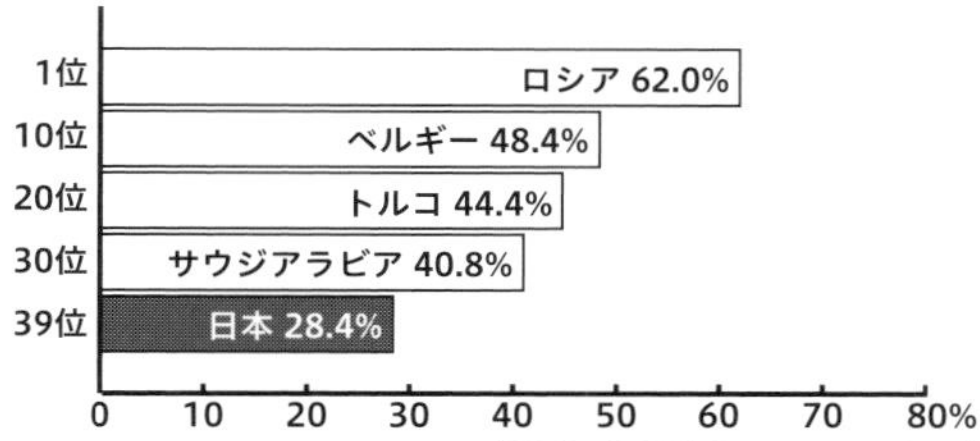

（OECD（2020）, Women teachers）

女性医師《じょせいいし》（OECD36か国中36位）

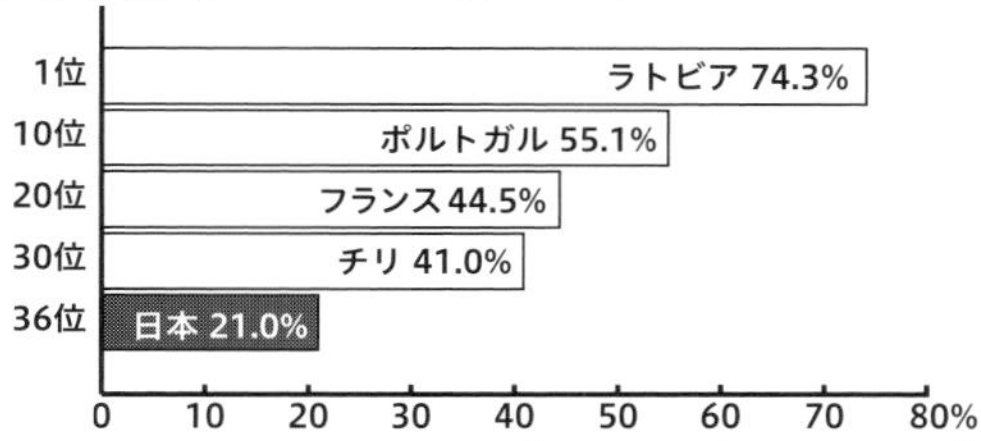

（OECD, Health Statistics 2019）

女性閣僚《じょせいかくりょう》（OECD38か国中37位）

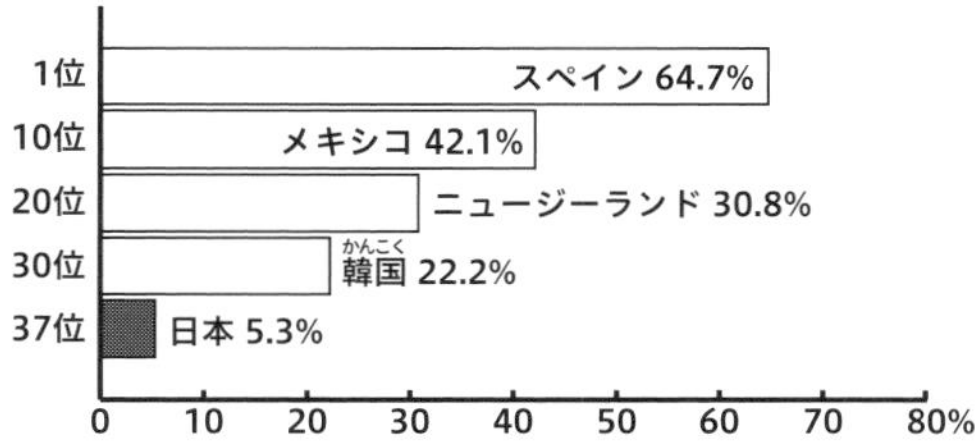

（OECD, Government at a Glance 2019）

女性《じょせい》会社役員（OECD28か国中28位）

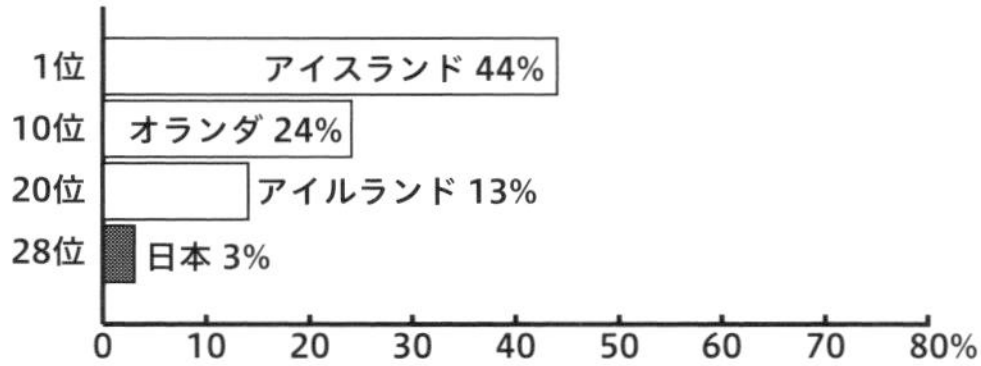

（EC（2016）Database on women and men in decision making;（2015）Catalyst Census: Women Board Directors）

日本は他にも、エンジニア、弁護士《べんごし》、会計士《かいけいし》などで、女性《じょせい》の割合《わりあい》がとても低く、国会議員にしめる女性《じょせい》の数も、193か国中167位（2020年10月現在）の少なさです。

同じクラスの小林《こばやし》さんに、春原さんのドキュメンタリーの話をしたら、すごく驚《おどろ》いていた。

「えーっ、春原さん、テレビに出ていたの？　ぼくも見たかったなぁ」

「うん、半年くらい前かな？　まだ寿司春《すしはる》を始める前に、別のお店で修業《しゅぎょう》していたころだと思うよ」

小林さんとは、それまであんまり話したことがなかったけれど、なんと、小林さんのおとうさんが春原さんのお友だちらしいことが、最近偶然《ぐうぜん》わかったのだ。それ以来、クラスでときどきしゃべる。世間はせまいなぁ。

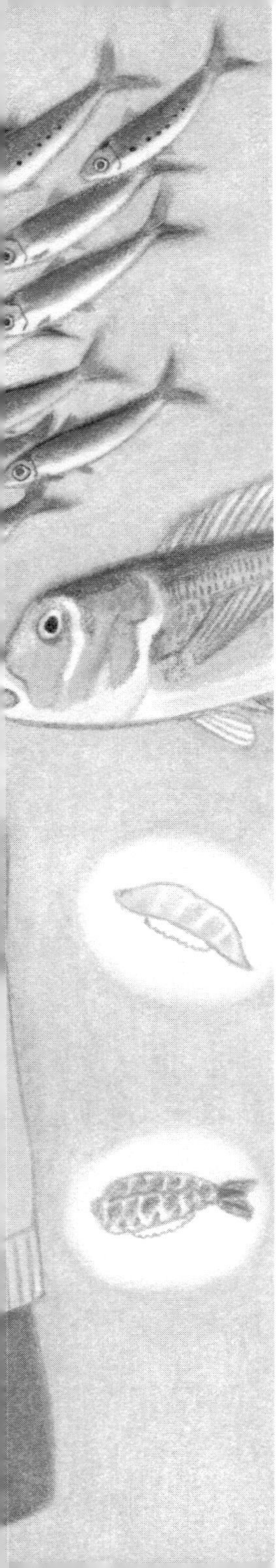

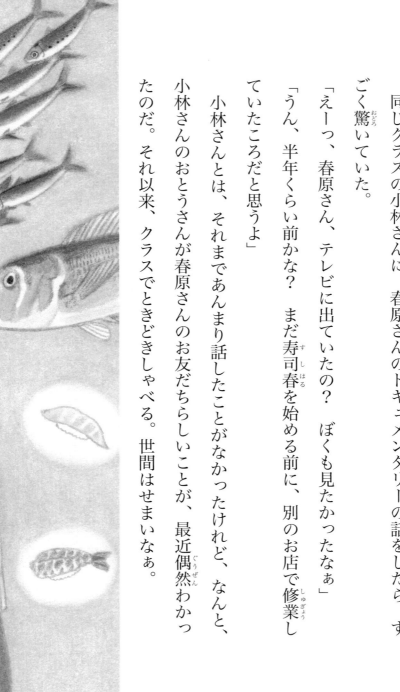

小林さんは腕組《うでぐ》みをして、「むむむ」とうなった。

「でも、なんだか意外だな。春原さんって、テレビ番組の密着取材《みっちゃくしゅざい》とか、そういうこと、あまり好きそうに思えないけど」

「そういえば、そうだね」

「そういう話も、今度きいてみよう」

そう、今度、小林さんと、小林さんのおとうさんと、三人で寿司春に行くことになっている。小林さんがさそってくれたんだ。

小林さんの両親が離婚《りこん》していることを、わたしはこれまで知らなかった。今のおとうさんともふつうに仲がいいらしいし、おとうさんがふたりいるっていうのは、なんだか複雑《ふくざつ》だけど、お得《とく》な感じもする。そんなふうに思ったら不謹慎《ふきんしん》かな。

小林さんは「伝《でん》」っていう覚えやすい名前だ。この前話しかけられたとき、「小林」がすぐに思い出せなくてあせったけど、実は下の名前なら思い出せていた。ちょっとだけ「伝ちゃん」って呼《よ》びたくなる。だれも呼《よ》んではいないけど。

そういえば、前は「総理《そうり》」って呼《よ》ばれていたみたい。どうして「総理《そうり》」なんだろう。

中庭でふたりで話していたときに、遠くから小林さんのことをそういうふうに呼《よ》んだ子がいたけど、小林さん、めっちゃいやそうな顔してた。

なんだか事情《じじょう》がありそうなので、とりあえず触《ふ》れないでおくことにしよう。

その日、小林さん親子とわたしは、寿司春でお昼ごはんを食べることになった。うちのおかあさんが、お昼なら行ってきてもいいよっていったから。すし職人《しょくにん》の春原咲枝さんは、想像《そうぞう》していたよりも小柄《こがら》で、テレビで見たときの髪型《かみがた》はショートカットだったけれど、今は髪《かみ》の毛《け》が長くて後ろでまとめていたし、だいぶ雰囲気《ふんいき》が違《ちが》った。

カウンターの向こうには、大将《たいしょう》である春原さんのほかに、もうひとり、若《わか》い男性《だんせい》のすし職人《しょくにん》さんがいた。春原さんのお弟子《でし》さんかもしれない。

春原さんはわたしたち三人に、まずはブリとアマエビとマグロを出してくれた。わたしがたのんだのは赤身のマグロだ。やっぱりマグロがいちばん好き。すし飯と相性《あいしょう》ばつぐんだ。

春原さんの握《にぎ》ったおすしは、とても存在感《そんざいかん》があった。ネタが大きくて、シャリがネタに包まれているみたい。そのシャリは、ほかのお店で食べるものよりも酢《す》がきいていて、なんだかくせになりそうな味だった。

ここのお店は、高級そうに見えても、そんなに高くはないんだって。だから若《わか》い人や子ども連れで来るお客さんが多いって、雑誌《ざっし》では紹介《しょうかい》されていた。わたしもそういうお店でおすしを握《にぎ》りたいなぁ。

なんでかっていうと、わたしは春原さんのドキュメンタリーを見るまで、おすしを人が手で握《にぎ》るものだって、実は知らなかったからだ。

うちの近所の回転ずしでは、タッチパネルで注文したら、それがお店の奥《おく》から流れて出てくる仕組みになっていて、職人《しょくにん》さんが握《にぎ》っている姿《すがた》は見えなかった。だからてっきり、おすしはすべて機械が作るものだって、勘違《かんちが》いをしていた。

人が心をこめておすしを握《にぎ》っている姿《すがた》が、子どものころからもっと身近なものだったらいいよね。

ちょっとはずかしかったけど、その話を思い切って小林さんにしてみたら、

「ぼくも小さいころそう思ってた！」

っていわれた。

春原さんはもくもくと、たのまれたおすしを握《にぎ》っていた。カウンターの席は全部うまっていたので、お客さんが多くていそがしいのかもしれない。

わたしは春原さんの手もとをじっと見ていた。包丁の切れ味がすごくよくて、手の動き方もきれいで、つい見入ってしまう。

お客さんが少なくなってきたころ、春原さんのほうから話しかけてきてくれた。

「すし職人《しょくにん》に興味《きょうみ》があるんですってね」

「あ、はい。ええっと……」

実際《じっさい》にしゃべろうと思うと、うまく言葉が出てこない。あこがれの春原さんに会えて、すごくうれしいんだけどな。

「海江田《かいえだ》さん、『ドキュメンタリーエックス』を見て、春原さんを知ったんだって」

いつもは教室でひっそりおとなしい小林さんが、今日はわたしよりもよくしゃべってくれて、なんだかたのもしいぞ。それをきいて、春原さんはとても驚《おどろ》いていた。

「まぁ、そうですか。もう五年も前ですけれど、よくわたしの名前を覚えていましたね」

「あれ？　わたしが見たの、そんなに前じゃないです。半年前くらいだったと思うけど……」

「ひょっとすると再放送《さいほうそう》だったのかもしれませんね」

「また再放送《さいほうそう》しないかなぁ。ぼくも見てみたいんだけど」

小林さんは卵焼《たまごや》きを食べながら、にこにこ笑っている。

そうか、五年も前だったら、春原さんの見た目が変わっているのは当然だ。わたしは納得《なっとく》した。

「あの、わたし、あの番組で、男の人から、女性《じょせい》が握《にぎ》ったすしは食べたくないっていわれるところが、すごく心に残ったんです」

いってしまってから、もしかして失礼だったかなって、ちょっと心配に

なった。

そのとき、小林さんのとなりで、小林さんのおとうさんが、げほげほっと、むせた。

「わ、わさびが……」

そういってごまかしていたけど、お客さんからそんなにひどいことをいわれたのかって、びっくりしたんじゃないかな。

春原さんはおじさんにお茶を出しながら、

「ああ、あの場面ねぇ。あれはちょっとねぇ……」

って、苦笑いしていた。春原さんが気を悪くした様子ではなかったので、わたしはほっとした。

「そんなことがあったの？　それでどうなったの？」

小林さんもびっくりしていた。

「最後には、すまなかったねっ

て、おっしゃっていましたよ」

それから、わたしも知らなかった話を教えてくれた。

「あのあと、あのお客さん、何度もわたしの握《にぎ》ったすしを食べに来てくださいました。本当はとてもすてきな方でね、今ではすっかり常連《じょうれん》さんなんです」

「へぇ！」

わたしはなんだかとてもうれしかった。あのおじさんは、本当に変わったんだ。

「すしは古くからの伝統的《でんとうてき》な料理ということもあって、保守的《ほしゅてき》な一面があるのです」

わたしたちが首をかしげると、春原さんはつけ加えた。

「つまり、『女人禁制《にょにんきんせい》』という体《たい》質《しつ》です」

あ、それ知ってる。

有名な歌舞伎役者《かぶきやくしゃ》さんが、テレビでそういう話をしているのをきいた。自分の娘《むすめ》が歌舞伎《かぶき》をやりたがっているのを見て、なんとか叶《かな》えてあげられないだろうかって、悩《なや》みながら話していた。

歌舞伎《かぶき》も女人禁制《にょにんきんせい》といわれていて、女性《じょせい》は子役としてしか舞台《ぶたい》に上がることができない。生理がはじまったら、子役としてすら、もう舞台《ぶたい》に立てないんだって。その、生理がはじまったら、というところが、わたしはなんだかちょっと、うまくいえないけれど、もやもやした。どういうこと？　という感じ。

「神聖《しんせい》な調理場は男性《だんせい》の場所。そういう、昔からの差別的な考え方があります。大相撲《おおずもう》の土俵《どひょう》に女性《じょせい》が立てないこととも似《に》ていますね」

「えっ、土俵《どひょう》ってそうだったんだ。なんで……？」

小林さんがきくと、春原さんと小林さんのおとうさんは顔を見合わせた。

「正確《せいかく》に説明できる人は少ないかもしれないな」

「徐々《じょじょ》に変わってきたというだけで、そういうものは意外とたくさんあるん

ですよ。オリンピックだって、第一回の選手は男性《だんせい》のみでした」

「えっ。マジか」

「今考えると、信じられない話でしょう？　何年か先には、少し前まですし職人《しょくにん》が男性《だんせい》ばかりだったことも、信じられない話になっているといいなと思います。そういう面で、なにかのきっかけになればと思って、わたしはあのドキュメンタリーの仕事を受けました」

日本の仕事における男女差

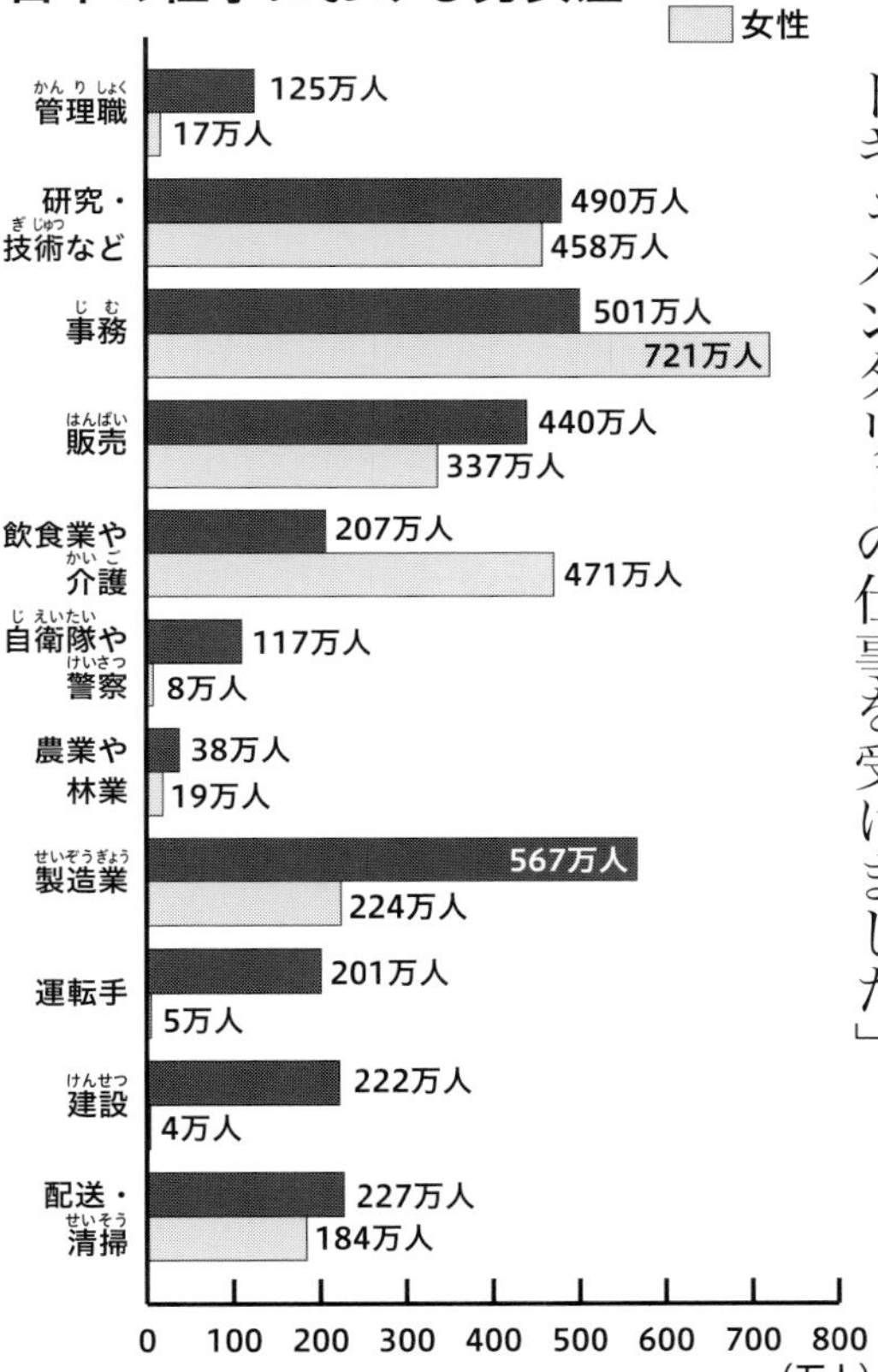

（平成 27 年総務省「労働力調査」）

男女間の賃金格差《ちんぎんかくさ》

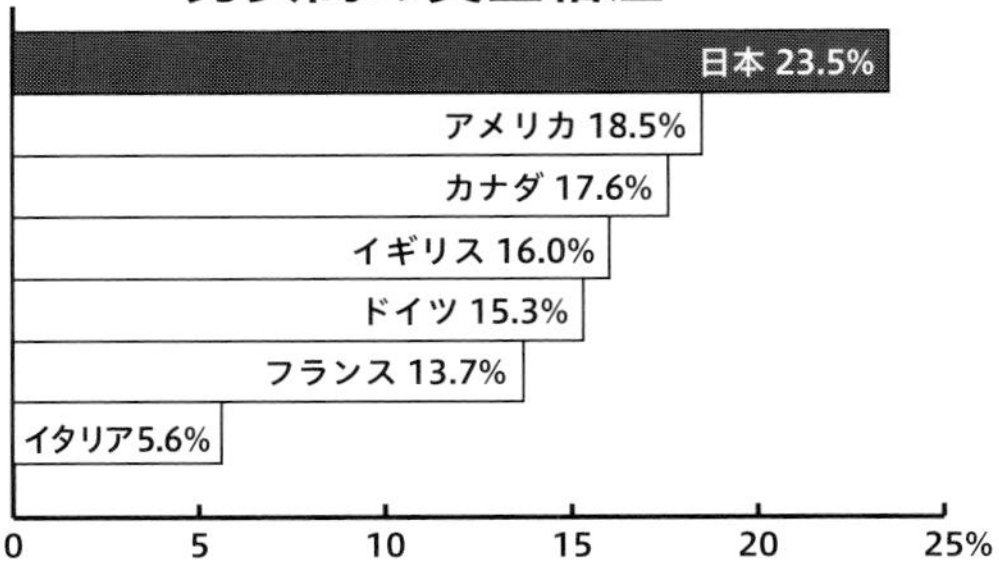

いずれの国も男性《だんせい》の賃金《ちんぎん》が高いが、日本は28か国中27位。

（OECD, Earnings : Gross earnings : decile ratios,2019）

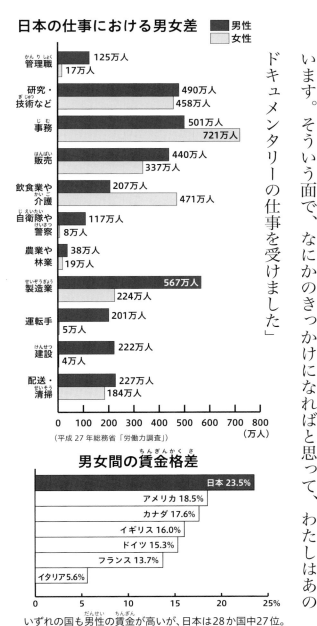

そうだったんだ。

未来の女性《じょせい》の活躍《かつやく》の場が増《ふ》えるように、がんばってくれている人たちがいるんだね。

春原さんのその思いが、しっかりわたしに届《とど》いたんだなと思ったら、とても誇《ほこ》らしい気持ちになった。

「魚の目利《めき》きにも仕込《しこ》みにも握《にぎ》りにも、学ぶのにはたくさんの時間がかかります。楽な仕事ではないし、体力も必要です。それでも握《にぎ》ってみたいと思ったら、ぜひ挑戦《ちょうせん》してみてください。待っていますから」

春原さんは力強くうなずいた。

寿司春からの帰り道、わたしは小林さんにお礼をいった。

「小林さん、今日は本当にどうもありがとう。春原さんとお話できて、夢《ゆめ》みたいだったよ」

「おおげさだなぁ。でもよかった」

「おじさんも、連れてきてくれてありがとうございました」

「いやいや、いいんだよ。ぼくのほうも、いい話をきくことができたわけだしね」

おじさんもなんだかすごくうれしそうで、不自然なくらいに、にこにこしている。小林さんが卵焼《たまごや》きをほおばりながらにこにこしていたときと、ちょっと顔が似《に》ている気がした。

離《はな》れて暮《く》らしていても、やっぱり親子だよね。

次の日、わたしはさっそく学校でとなりの席の渡辺新之助《わたなべしんのすけ》に自慢《じまん》した。この前、女はすし職人《しょくにん》になんかなれないっていわれて、くやしかったからだ。

「きのう、小林さんと小林さんのおとうさんと、おすしを食べに行ったよ。そこのお店は大将《たいしょう》が女の人なんだ」

「えっ」

予想どおり、新之助はすごくびっくりしていた。

わたしは小林さんや春原さんのことを簡単《かんたん》に説明した。

「この前、すし職人《しょくにん》は男の仕事だっていってたじゃん。あのとき、そんなことないって、うまく説明できなかったから、今、反論《はんろん》してるの」
「いや、すし職人《しょくにん》の話なんかより、海江田が総理《そうり》とすしを食べに行ったことが衝撃《しょうげき》なんだけど」
あ、また「総理《そうり》」だ。そういえば、このふたりは去年も同じクラスだったかもしれない。
教室のいちばん前の真ん中の席に座《すわ》っている小林さんの背中《せなか》を見ながら、わたしは新之助に小声できいた。

「ねぇ、どうして小林さんって『総理《そうり》』なの？」

新之助はめんどうくさそうに、

「総理大臣《そうりだいじん》になりたいんだってさ。そういうこと、あんまりいいそうにないじゃん、あいつ。だからウケたし、すげぇなって、クラスで盛《も》り上《あ》がったんだよ」

「えー？　そういうことなの？」

なんだかちょっと納得《なっとく》がいかない。「総理《そうり》」と呼《よ》ばれて、とてもいやそうにしていた小林さんの顔を思い出す。

「あのさ、たぶんだけど、小林さんはそういうふうには思っていないみたいだったよ。からかわれてると思っているんじゃないかな。それか、もう総理《そうり》大臣《だいじん》にはなりたくないのかもしれない」

わたしが指摘《してき》すると、新之助はちょっと考えて、

「おれは本人の前では呼《よ》んでねぇよ」

「なんでよ？」

新之助は、「うっ」と言葉につまった。それがあだ名じゃなくて、ただの陰口《かげぐち》だからでしょ。

気の短い新之助は、イライラしていい返してきた。

「じゃあ、なんて呼《よ》べばいいんだよ？」

「ふつうに小林さんでいいじゃん」

「このクラス、小林ふたりいる」

「じゃあ、『伝《でん》ちゃん』とか。ちょっと呼《よ》びたくならない？」

新之助はにやっと笑った。

「たしかにそれはちょっと呼《よ》んでみたい」

「でしょ？」

「でもだれも呼《よ》んでねぇし。いきなり気まずいし。いやがるかもしんないし」

「とにかく、『総理《そうり》』は禁止《きんし》ね。それに、こうやってこそこそしゃべってるのって、けっこうよくきこえるんだよ」

「は？」

「たぶん、この会話もきいてると思うよ、小林さん」

新之助がきょとんとしてから小林さんのほうを見たのと、小林さんがびっくりした顔でこっちを振《ふ》り返《かえ》ったのは、ほとんど同時だった。

新之助は「げっ」と小さい声でいってから、

「わりぃ。きこえた？」

って、すぐに謝《あやま》った。こういうところは、はっきりしていていいやつだと思う。

それからどうしたかっていうと、小林さんはちょっと照れながら新之助にいったんだ。
「『伝ちゃん』でいいよ」
ひょっとしたらこれも、なにかが大きく変わった瞬間《しゅんかん》かもね。

SDGs《エスディージーズ》(Sustainable《サステナブル》 Development《デベロプメント》 Goals《ゴールズ》= 持続可能《じぞくかのう》な開発目標) とは、世界中の国々、企業《きぎょう》、人々が、あらゆる垣根《かきね》を越《こ》えて協力し、よりよい未来をつくるために国連で決まった17の目標（ゴール）のことです。この17のゴールには、それを実現《じつげん》するためのより具体的な目標である「ターゲット」が全部で169設定《せってい》されています。ここでは、それぞれのゴールのおもなターゲットを紹介《しょうかい》しながら、世界が直面している問題を考えます。

5.1　すべての女性《じょせい》と女の子に対するあらゆる差別をなくす。

5.2　人身売買および、性《せい》やほかの目的で女性《じょせい》と女の子を一方的に利用することもふくめて、公的私的《してき》問わず、あらゆる形の暴力《ぼうりょく》をなくす。

5.3　未成年の結婚《けっこん》、早い結婚《けっこん》、強制的《きょうせいてき》な結婚《けっこん》、少女の女性《じょせい》器《き》を切り取る風習など、女性《じょせい》や女の子を傷《きず》つける習慣《しゅうかん》をやめる。

5.4　各国で、公共サービスや社会保障政策《しゃかいほしょうせいさく》を整え、家庭内の役割分担《やくわりぶんたん》を考えることで、育児や介護《かいご》、家事はお金が発生しなくても、きちんとした仕事であることをみとめ、評価《ひょうか》する。

5.5　政治《せいじ》、経済《けいざい》、社会のあらゆるレベルの決めごとに対して、女性《じょせい》の参加とリーダーになれる機会を、男性《だんせい》と同じようにあたえる。

5.a　女性《じょせい》も男性《だんせい》と同じように財産《ざいさん》に対する権利《けんり》を持ち、各国の法律《ほうりつ》の下《もと》、土地や財産《ざいさん》、金融《きんゆう》サービス、相続、資《し》源《げん》を利用できるように改革《かいかく》していく。

＊総務省《そうむしょう》による訳《やく》を基《もと》に、表現《ひょうげん》をやさしく改め、また、わかりやすく補《おぎな》いました。

生物学的な性別《せいべつ》のことでなく、男らしさや女らしさといった社会的・文化的な役割《やくわり》などの、男女の違《ちが》いを「ジェンダー」と呼《よ》びます。多様性《たようせい》ある生き方をみとめ、女性《じょせい》への差別、暴力《ぼうりょく》、不平等をなくすことが大切です。

5 ジェンダー平等を実現しよう

解説《かいせつ》　おはなしSDGs《エスディージーズ》

ジェンダー平等を実現《じつげん》しよう

ターゲット5.3

子どもの結婚《けっこん》、強制的《きょうせいてき》な結婚《けっこん》をなくす

世界中の女性《じょせい》と女の子のうち、18歳《さい》になる前に結婚《けっこん》した人は、約6億5000万人。毎年1200万人が子どものうち（15歳《さい》未満）に結婚《けっこん》しているといわれています。南アジアが一番多く、世界の児童婚《じどうこん》の44％（2億8500万人）、次はサハラ以南のアフリカで、18％（1億1500万人）を占《し》めます。児童婚《じどうこん》のならわしは世界中で減《へ》りつつあります。これは、教育を受ける女の子の割合《わりあい》が増《ふ》えたこと、各国政府《せいふ》が10代の女の子たちに対する投資《とうし》を積極的に行うようになってきたこと、児童婚《じどうこん》によって女の子たちの身に起こるさまざまな負の影響《えいきょう》が、広く知られるようになってきたことが考えられます。しかし、サハラ以南のアフリカでは人口増加《ぞうか》によって、2050年までに現在《げんざい》の1億1500万人からさらに1億2000万人増加《ぞうか》する危険性《きけんせい》があります。

世界の女子の21％が18歳《さい》未満で結婚《けっこん》

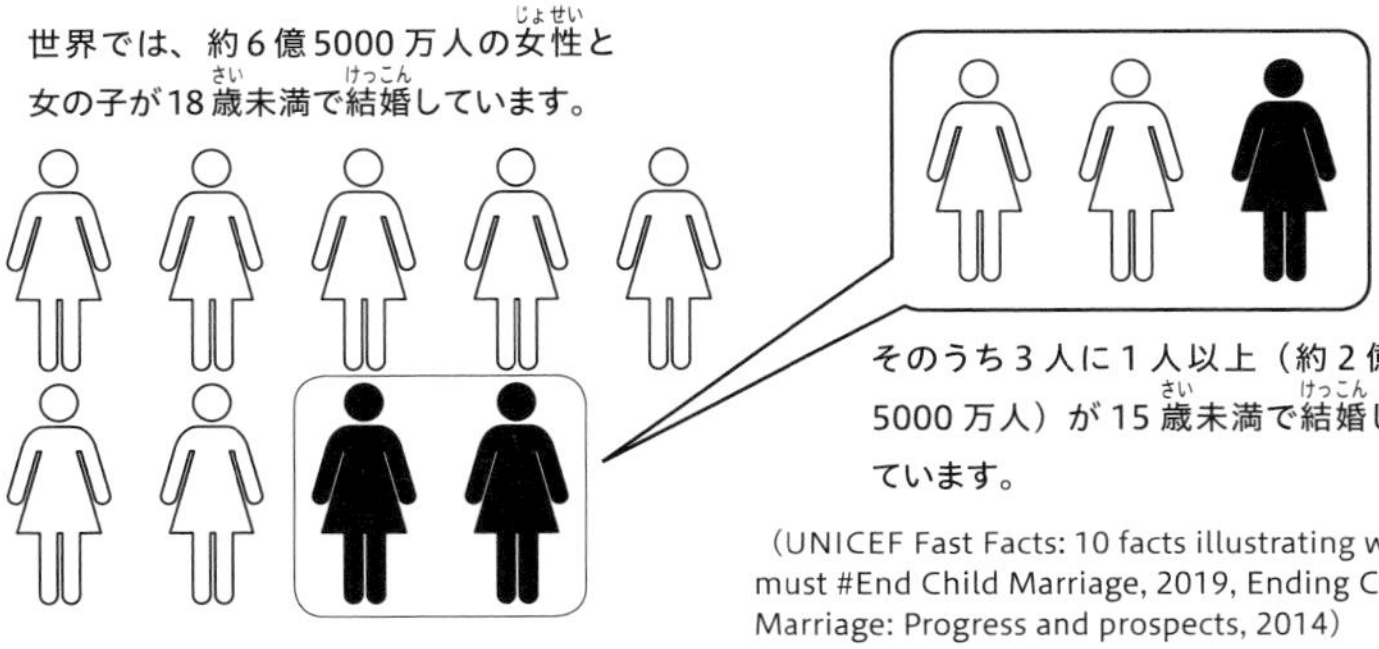
世界では、約6億5000万人の女性《じょせい》と女の子が18歳《さい》未満で結婚《けっこん》しています。
そのうち3人に1人以上（約2億5000万人）が15歳《さい》未満で結婚《けっこん》しています。

（UNICEF Fast Facts: 10 facts illustrating why we must #End Child Marriage, 2019, Ending Child Marriage: Progress and prospects, 2014）

ターゲット5.c

学校に通えない女の子たちを減《へ》らす

世界で学校に通えていない6歳《さい》～17歳《さい》の子どもたちは、2億5840万人といわれています。これは子どもたちのほぼ6人に1人ということになります。国や地域《ちいき》によってさまざまですが、たとえばこんなことが原因《げんいん》になります。

・伝統《でんとう》や慣習《かんしゅう》により、女子に教育は必要ないと考えている。
・女子トイレがないなど、教育施設《しせつ》の設備《せつび》が不十分。
・長時間、女子が家事を行っている。
・貧困《ひんこん》により、女子に教育を受けさせる余裕《よゆう》がない。
・通学経路《けいろ》に危険《きけん》な地域《ちいき》がふくまれている。

小学校までの数字で比《くら》べると、学校に通えていない男の子は2680万人、女の子はそれより550万人多い3230万人です。そのうち、まったく学校に通えそうもない女の子は、男の子の2倍以上になります。

小学校に通えない子どもたち

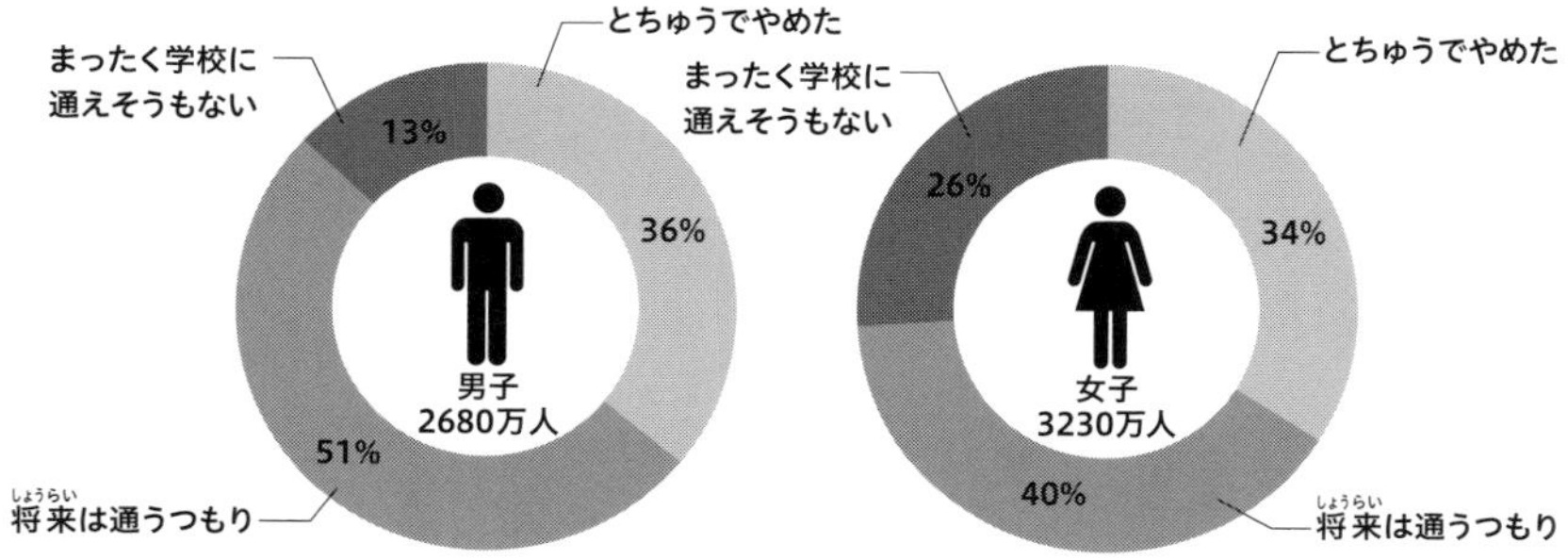

(UNESCO Institute for Statistics : New Methodology Shows that 258 Million Children, Adolescents and Youth Are Out of School, 2019)

ターゲット 5.4

家事も評価《ひょうか》されるべき仕事

多くの国で「家事は女性《じょせい》がするもの」という考えがあり、こうした慣習《かんしゅう》も女性《じょせい》の社会進出をさまたげる要因《よういん》になっています。とくに男女の役割分担《やくわりぶんたん》がはっきりしている貧《まず》しい国々では、女性《じょせい》や女の子がまきや水を運び、食事を作り、弟や妹の世話などを一手にになうため、家事だけで一日がおわります。こうした地域《ちいき》では、学校教育や職業訓練《しょくぎょうくんれん》を受けられず、雇用《こよう》の機会があっても働きにいかれません。しかし、この考えは女性差別《じょせいさべつ》の強い地域《ちいき》に限《かぎ》らず、先進国で共働きをしている場合でも、女性《じょせい》は男性《だんせい》の 2.5 倍の時間を家事にあてています。

6 歳未満《さいみまん》の子どもを持《も》つ夫婦《ふうふ》の家事・育児の時間（1 日あたり）

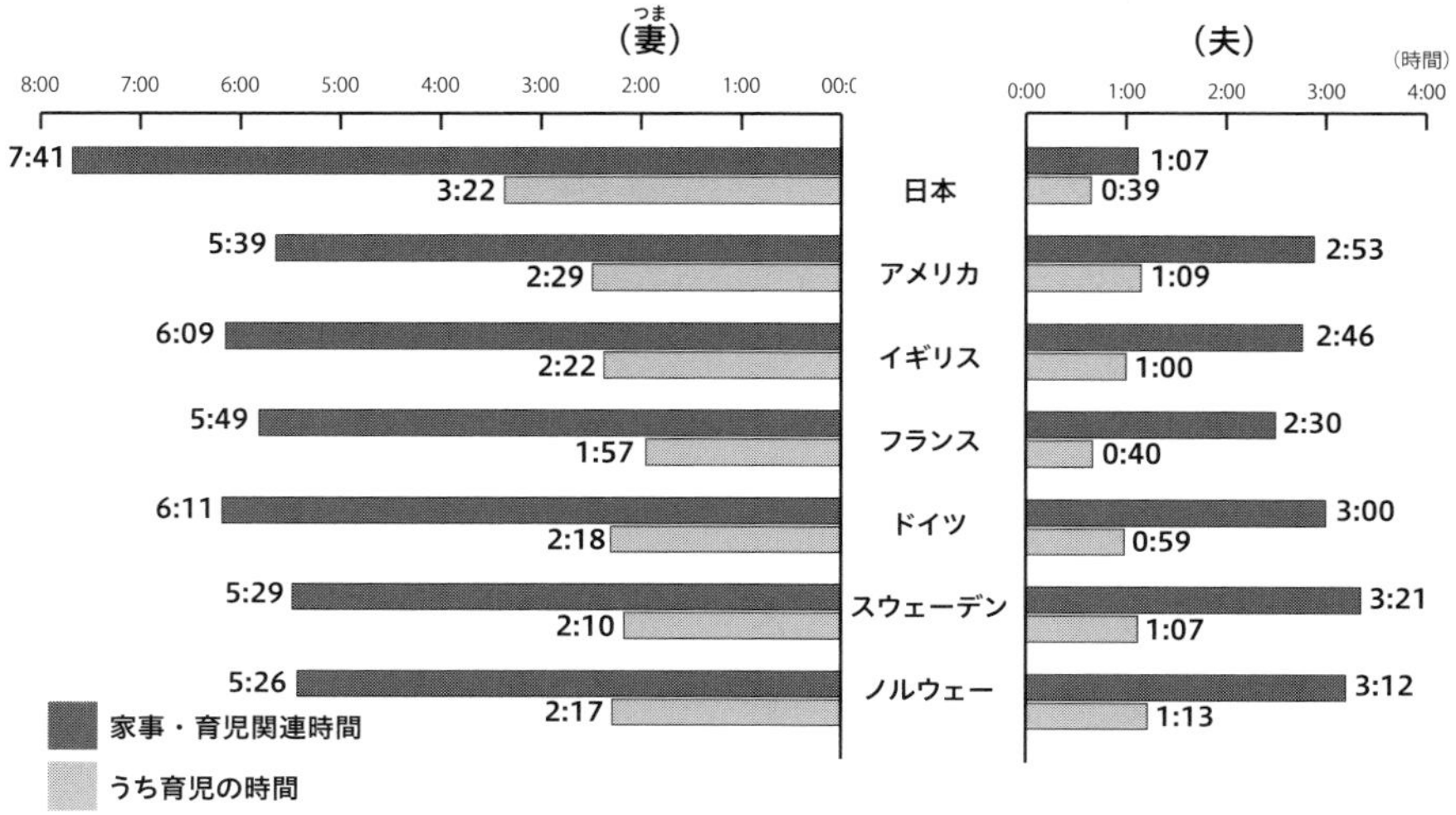

（内閣府　男女共同参画会議「男性の暮らし方・意識の変革に向けた課題と方策」,2017）

戸森しるこ｜ともりしるこ

1984年、埼玉県生まれ。武蔵大学経済学部経営学科卒業。『ぼくたちのリアル』で第56回講談社児童文学新人賞を受賞し、デビュー。同作は児童文芸新人賞、産経児童出版文化賞フジテレビ賞を受賞。『ゆかいな床井くん』で第57回野間児童文芸賞を受賞。主な作品に『ぼくの、ミギ』（以上、講談社）、『トリコロールをさがして』（ポプラ社）、『しかくいまち』（理論社）などがある。

しんやゆう子｜しんやゆうこ

和歌山県生まれ。多摩美術大学グラフィックデザイン専攻卒業。児童書や実用書の装画多数。主な作品に『ふたり』（福田隆浩作）『ケロニャンヌ』（安田夏菜作、ともに講談社）、『犬がすきなぼくとおじさんとシロ』（山本悦子作、岩崎書店）などがある。

おはなしSDGs《エスディージーズ》　ジェンダー平等《びょうどう》を実現《じつげん》しよう

すし屋《や》のすてきな春原《すのはら》さん

2020年12月15日　第1刷発行
2021年9月1日　第2刷発行
作　戸森《ともり》しるこ
絵　しんやゆう子《こ》

発行者　鈴木章一
発行所　株式会社講談社
〒112-8001 東京都文京区音羽2-12-21
電話　編集 03-5395-3535
　　　販売 03-5395-3625
　　　業務 03-5395-3615
印刷所　共同印刷株式会社
製本所　島田製本株式会社

KODANSHA

N.D.C.913 79p 22cm ©Circo Tomori / Yuko Shinya 2020 Printed in Japan ISBN978-4-06-521696-5

定価はカバーに表示してあります。落丁本・乱丁本は、購入書店名を明記のうえ、小社業務あてにお送りください。送料小社負担にておとりかえいたします。なお、この本についてのお問い合わせは、児童図書編集あてにお願いいたします。本書のコピー、スキャン、デジタル化等の無断複製は著作権法上での例外を除き禁じられています。本書を代行業者等の第三者に依頼してスキャンやデジタル化することは、たとえ個人や家庭内の利用でも著作権法違反です。

ブックデザイン／脇田明日香　コラム／編集部

SDGs web site: https://www.un.org/sustainabledevelopment/
The content of this publication has not been approved by the United Nations and does not reflect the views of the United Nations or its officials or Member States.

本書は、主に環境を考慮した紙を使用しています。

VEGETABLE OIL INK